Only

Jin Goo

"오직 당신만을 위해~"

Only
Jin Goo

Chapter 1. Dream

좋은 사람, 좋은 배우

타고난 얼굴도 달라진다

예전에는 거울을 보면 단점만 보였다.

코가 조금 더 높으면 좋을 텐데,
눈매도 너무 날카로운 것 같고,
턱도 좀 샤프해지면 화면에서 더 멋있어 보일 텐데…

그런데 시간이 흐를수록
내 그대로의 모습을 사랑해주는 사람들이 많이 생겨서인지
눈매도 부드러워지고, 화면에서 잡히는 모습도 이전보다
날렵해 보이고 샤프해진 느낌이다.

자연스럽게 카메라 앞에서 반응하는 법을
배운 덕분도 있겠지만
사랑을 받으면서 타고난 얼굴 자체가
조금씩 변하고 있는 것 같다.

나이가 들수록 살아온 인생이 얼굴에서 보인다는 말,
사랑을 받으면 타고난 얼굴도 달라진다는 말을
실감하는 요즘이다.

요새는 자주 거울을 보며
스스로에게 이렇게 말한다.

'이 정도면 괜찮은데?'

단단해지는 시간이 필요했다

군 제대 두 달 만에 찾아온 데뷔라는 행운과 관심,
아직 어렸던 나는 두 가지를 한 손에 거머쥐고
꽤나 의기양양했다.

뭐든 마음만 먹으면 할 수 있을 것 같았고
세상이 우습게 보이기도 했다.

하지만 〈올인〉 이병헌의 아역이라는 수식어,
이 후광이 물거품처럼 사그라든 것은 단 2주.
서서히 적응할 틈도 없이 완벽하게 뚝, 끊겨버렸다.
끊임없이 울리던 휴대폰은 잠잠해지고
나를 향했던 대중의 관심도 허공으로 날아가 버렸다.

어린 마음에 상처도 받았다.
스스로에게 괜찮다, 괜찮다, 되뇌어도
관심의 중심에 있었을 때의 스포트라이트를 떠올리니
자꾸 적막한 마음만 헛헛하게 차올랐다.

꿈에서 깨어나고 나니
문득 그런 생각이 들었다.

비록 2주였지만…
대중은 나의 어떤 모습에 관심을 보였던 것일까?
어떻게 하면 다시 그들 앞에 설 수 있을까?

그렇게 이후 3년간은 배우로 살기 위해
스스로를 시험하는 듯한 삶을 살았다.
정말 내가 배우가 될 수 있는 사람인지
그것을 증명하기 위해 트레이닝을 하고
치열하게 고민하고 노력했다.

그 인고의 시간 끝에 전환점을 맞이하게 해준
고마운 영화 〈비열한 거리〉.
나는 '종수'라는 몸에 잘 맞는 옷을 입고
충무로에 소개되었다.
작게나마 그동안의 노력에 대한 인정도 받고
'충무로 유망주'라는 수식어도 얻었다.
너무나도 고마운 일이다.

답이 보이지 않던 3년이라는 시간,
막막함과 간절함이라는 감정들을 알려준
그 시간들이 없었다면
나는 내 잘난 맛에 살았을 것이고
그랬다면 전혀 다른 인생을 살았겠지.
일찌감치 연기를 그만뒀을지도 모를 일이다.

그 시간들이 나에게는 오히려 약이 되었다.

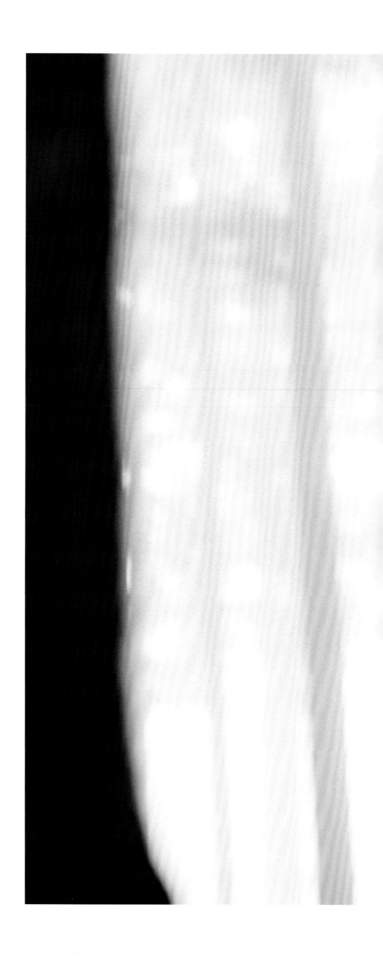

나의 길

어릴 때부터 사람들 앞에 나서는 것을 좋아했던 나는

연극 무대든, 장기 자랑 무대든,
운동회 응원석이든,
멍석이 깔리면 일단 올라가야 직성이 풀렸다.

사람들이 나로 인해 즐거워하는 모습을 보며,
막연히 그것이 내가 제일 잘할 수 있는
일이라는 것을 깨달았다.
그때는 그게 꼭 배우였던 것은 아니지만
아마도 그때부터 내가 갈 길이 보였던 것이 아닐까.

지금도 내 연기 신조는 그때와 그리 벗어나지 않는다.
'즐거움을 주는 배우가 되자.'

연기의 노하우

연기를 전공하거나 전문적인 교습을 받아 본 적이 없어서
나에게는 연기의 노하우라고 할 만한 것이 없다.

단지 내 스스로 이 작품 속 주인공이 이해될 때까지
대본을 옆에 끼고 살면서 읽고 또 읽는다.
촬영장에서 틈틈이,
쉬는 시간에도,
밥을 먹으면서,
이동하는 차 안에서도,
대본 속 주인공이 나와 완전히 동화되어
일상 속에서 불쑥불쑥 튀어나올 때까지!

누군가의 인정이나 칭찬에 목매는 스타일은 아니지만
내 스스로는 안다.
이 대본을 얼마만큼 이해하고 있는지,
이 인물에 얼마만큼 동화되어 있는지,
관객들에게도 그것이 고스란히 전해진다.

노하우가 있다면 그것이 아닐까.

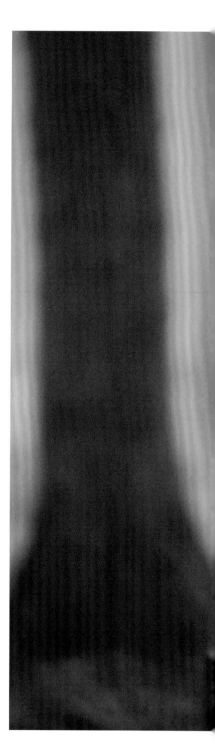

하지만、역시

인생을 길게 놓고 봤을 때 마지막에 웃는 사람은
요령이 좋은 사람도, 운이 좋은 사람도 아닌
성실한 사람이라고 생각한다.

이런 말을 하면 간혹 옛날 사람 취급을 받기도 한다.
요령이나 운에 기대어 살면
좀 편해지지 않을까 하는 생각도 들지만
이내 머릿속에서 지워버린다.

그때 그 순간,
그곳이 아니면 경험할 수 없는 것들이 분명 있다.

순간을 소중히 생각하면
나도 모르는 새에, 아주 자연스럽게
인생을 성실히 살아가는 법을 배우게 된다.

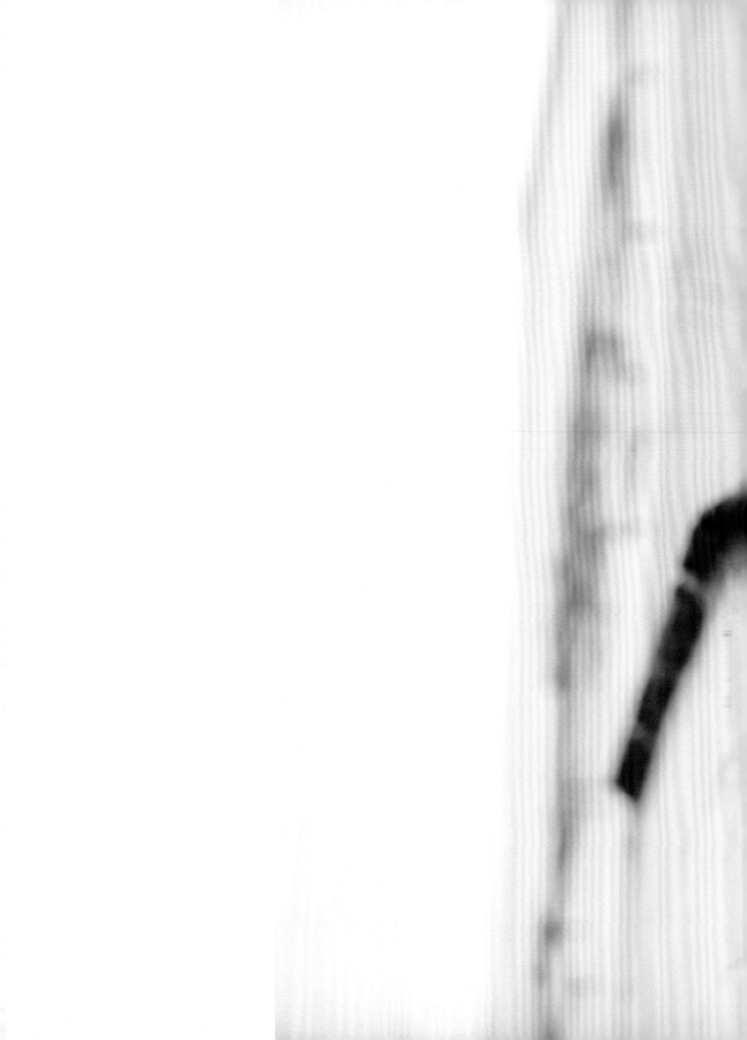

배우의 얼굴

배우로서 개성있다는 것은 좋은 일이다.
문득 내 얼굴을 거울에 비춰 본다.
울고 있는 모습에서는 희미하게 웃는 모습이 보이고
반대로 웃고 있는 모습에서도 우는 모습이 보인다.

슬픔을 억누르는 듯한 미소,

미소 뒤의 차가운 분노,

희열을 감춘 눈물,

많은 것을 함축한 이중적인 감정의 표현들…

그런 양면성에서 비롯되는 신비감이
의도치 않았지만 내 배우로서의 개성이 된다.

하루에 한 번은 팩을 한다.
열심히 일하고 돌아와 면도를 하고 팩을 할 때의 상쾌함은 이루 말할 수가 없다!

떨림

아버지를 따라 처음 촬영장에 갔던 날을 기억한다.
긴장되고 떨리는 마음으로 촬영장에 들어선 순간
쏟아져 들어왔던 눈부신 조명이
내가 새로운 세계에 입장했음을 알려주었다.

눈부신 조명 기구들,

여러 대의 카메라들,

바쁘게 돌아다니는 스태프들,

스크린을 찢고 나온 듯한 배우들…

아버지 일에 방해될까
멀찌감치 떨어져 쪼그리고 앉아 있는 동안
나는 숨소리조차 제대로 낼 수 없었다.
몇 시간이 가도록 지루한 것도 몰랐다.

내가 아직 배우의 꿈을 꾸기도 전의 일이다.

선택의 기준

대본을 검토할 때 스스로에게 묻는다.

'네가 이 역할을 할 수 있어? 없어?'

그것은 배역의 비중이 크고 작고
금액이 많고 적고의 문제가 아니라
순전히 '나'에게 초점이 맞춰진 질문이다.

내 그릇 안에서
어떻게든 할 수 있겠다는 생각이 들면
그제야 결정을 내린다.

"그래, 해 보자."

강하지만、여린

선 굵은 남자배우들이 나오는 작품에 주로 출연해서인지
내가 실제로도 무뚝뚝하고 강할 거라고
생각하는 사람들이 많은 것 같다.

역할은 역할일 뿐, 나는
다정다감한 대사,
달달한 로맨스가
더 와 닿는 사람 중 한 사람이다.

가뭄의 단비처럼 오글거리는 대사를 받기라도 하면
나는 선물을 받은 것처럼 기쁘다.
옆에서 상대 배우는
날 놀리느라 정신이 없지만 말이다.

이런 내 모습을 모르는 사람이 많은 것 같아
때로는 좀 아쉽다.

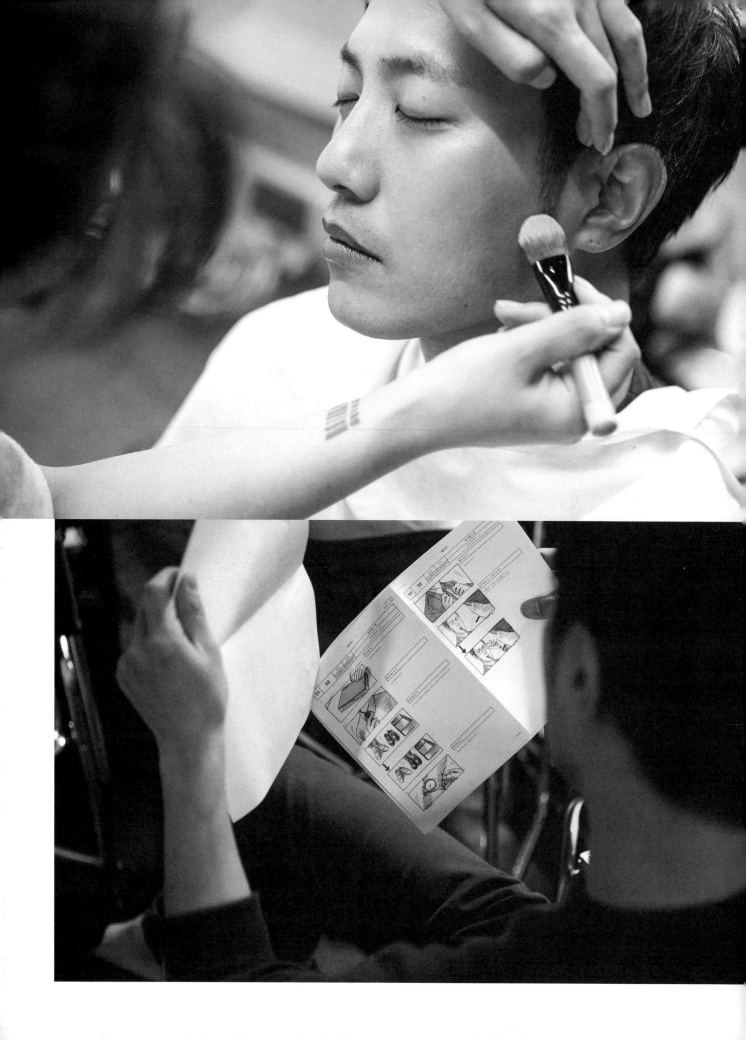

뭐든지 진구화 하는 능력

나는 어떤 역할을 하든
그 인물을 만들어 가기보다
그 인물을 나에게 데려오는 편이다.

그 역할을 '진구화' 한다고 해야 할까.
그래서 자연스럽게 그동안 연기했던 캐릭터에
나다운 모습이 묻어나는 것 같다.

연쇄살인마 역할로 나왔던
영화 〈트럭〉 같은 경우에는
그런 경험을 해볼 수도 없고
그런 감성을 공감하기 힘들어서
열심히 인터뷰를 하고
발품을 팔았던 기억이 있다.

이렇게 어떤 역할을 맡든 그것을
그대로 표현하는 것이 아니라
나라는 매개체를 통해 그 인물이 말하고 있음을
항상 인지한다.

그리고 그 미세한 감정의 차이에 집중한다.
그 역할은 그렇게 '진구'가 되어간다.

천천히 걷기

천천히 걸어도 언젠가는
목적지에 도달한다는 것이 나의 믿음이다.

짧지 않은 내 인생을 돌아보면
현재라는 순간에 열정을 다했지만
그 이상의 것을 얻기 위해
과한 에너지를 쏟아 부은 적은 없었던 것 같다.

그럼에도 불구하고
좋은 사람들을 참 많이 만났고
좋은 작품과 캐릭터로 성숙할 수 있었다.

세상의 속도로는 더뎌 보일 수 있어도
그것이 꾸준함의 비결이 아닐까?

언젠가는 그것이 나를 목적지로 인도해주리라 믿는다.

천천히 걸을 때만 비로소 볼 수 있는 것들이 있다.
초심. 그리고 내 주변 사람들. 그들과 했던 약속들. 그들이 처한 상황과 함께 나눴던 이야기들…
빠른 속도로 지나치느라 이 모든 것을 잃어버리면 무슨 소용이 있을까.

Chapter 2. Happiness

지금이 행복한 남자

구야!

나는 특별한 애칭이 없다.
무뚝뚝한 성격 탓에 그런 것들이 낯간지럽고 어색하다.
대신 이름이 흔치 않은 외자라
친한 사람들은 "구야"라고 부른다.
처음 그렇게 부르기 시작한 것은 어머니였다.
그래서인지 그 호칭이 지니는 뉘앙스가 나에게는 특별하다.

단지 이름을 부른 것뿐인데도 어쩐지 더 친근하고
그렇게 불러주는 사람과는 더 결속감을 느낀다.
독특한 어감 때문일까?
부르는 사람에 따라 느낌도 천차만별이다.

낯간지러운 건 영 질색이라 했지만
그 호칭이 때로는 달달한 애칭이 된다.

My Dream

= 지금 여기서 바로 행복하기

사
람

냄
새

'어떤 배우가 되고 싶어요?'
'좋은 배우요. 그런데 그 전에 좋은 사람이 되고 싶어요.'

좋은 배우와 좋은 사람,
나에게는 그 두 가지가 크게 다르지 않다.

그래서 시간이 날 때마다 내 곁의 사람들과
많은 것을 함께하고 시간을 보내려 노력한다.

좋은 연기자 이전에 좋은 사람이 되고 싶다.
그것이 연기할 때 내면에서 우러나와
결국 '이 배우 정말 사람 냄새 나는 연기를 하는구나'라는
이야기를 듣고 싶다.

훗날 내가 이 세상을 떠났을 때
'이 사람 참 좋은 사람이었다'로
기억되고 싶다.

가끔 혼자 그런 생각을 한다. ㅋㅋㅋㅋ

굳이 많은 말을 하지 않아도 전해지는
그런 따뜻한 느낌을 가진 사람이고 싶다.

다시 돌아간다면

인생에 있어 직선과 곡선이 있다면
나는 그동안 직선형의 정직한 인생을 살아온 것 같다.

어려서부터 일찍 철이 든 탓에
개구쟁이인 것처럼 행동해도
부모님의 의중을 살피는 속 깊은 아들이었고
'성실'이란 단어를 이름표처럼 달고 살았다.

그래서인지 요즘에는 어릴 적 그때로 돌아간다면
불량학생, 아웃사이더로 한번 살아보고 싶다는 생각을 한다.
아마도 주로 선 굵은 강한 역할의 캐릭터를 맡는 것을 보면
그런 경험하지 못해 본 인생에 대한 갈증을
배역으로 풀고 있는 것만 같다.

여행지에서 짐을 정리하기 위해
트렁크를 열었을 때,
내가 고르고 고른 아이템들이
그곳에서 나를 반긴다.
여행 중 행복한 순간 중 하나이다.

오늘의 패션 코드는 어디로 튈지 모르는
아웃사이더!

사랑하는 것들의 첫 번째 목록

꿈이나 일에 목적이 생기면 힘이 난다.
내겐 가족이 그렇다.

짧지 않은 연예계 생활을 하면서
여러 가족들이 생겼다.

혈연관계의 내 가족,

소속사 식구, 절친이 된 농구단 식구,

촬영장 식구, 금쪽같은 내 팬들…

모두 내가 꾸준히 꿈을 좇고
열심히 일해야 하는 이유들이다!

첫 친구 = 1호 팬

어머니는 나를 세상에서 가장 잘 이해하는 사람이다.
그래서인지 어릴 때는
밖에서 힘들거나 지치는 일이 있을 때면
어머니에게 툴툴댔다.

내심 마음속에는 당신이라면 내 마음을 이해해주리라,
아니 그랬으면 좋겠다는
그런 치기어린 생각이 있었던 것 같다.
그래서 어릴 때는 어머니에게 많이 대들기도 했다.
돌아서면 바로 후회 막심이었지만…

미안한 마음에 쭈뼛쭈뼛 곁을 맴돌고 있으면,
어머니는 아무 일 없었다는 듯
먼저 화해의 손길을 건넨다.

'아들, 아들은 팬 사인회 안 해?'
'응, 왜?'
'팬 사인회 하면 보러 가려 그러지.
아들 얼굴, 밤새 줄 서서라도 보고 싶다.'

이런 아들인데도 팬 사인회를 하면
밤새 줄이라도 서서 보고 싶다는 열혈팬을,
어떻게 사랑하지 않을 수 있을까.

그래서 나는 어머니를
인생에 가장 처음 만난 친구이자
1호 팬이라고 표현한다.

배우 진구와 인간 진구는 다르면서 같다.

그리고 그 말은 같으면서 다르다.

나이 드는 것이 좋은 이유

20대의 나는 자신감이 넘쳤다.
막상 30대의 내가 그때 연기하는 모습을 보면
아주 가끔은 그런 그때의 풋풋한 패기가
아주 살짝 그립기도 하면서도
왠지 모르게 어설퍼 보인다.

아마 인간관계에 있어서도
마찬가지였을 것이다.

20대에는 의욕이 넘치고
일단 무엇이든 시작만 하면 아주
잘할 수 있을 것 같았다면
지금은 안다. 배우의 일은 분명
나이가 들수록 점점 더 풍성하게 결실을 맺는다는 것을.

아마도 40대의 나 또한
지금의 나를 보며 연기가 영 어설프다면서
혀를 쯧쯧, 찰지도 모를 일이다.

그래서 나는 20대의 내가 그랬듯,

지금은 40대의 내가,

그리고 더 미래의 내가 기대된다.

전성기、지금 이 순간

추억은 힘이 없다.
행복했던 시절을 떠올려
잠깐 기분을 좋아지게끔 해줄 수는 있어도
적어도 자기 발전에 있어서는
그것 자체가 나의 인생을 바꿔주지는 않는다.

그래서 나는 과거에도, 미래에도 얽매이지 않으려 노력한다.
어떻게 보면 과거는 이미 지나온 것이고
미래는 모르는 것이니

지금 현재가 내가 누릴 수 있는
최고의 전성기가 아닌가.

나르시시즘

-진구가 진구에게 보내는 편지-

구야, 넌 정말 정직하고 솔직한 사람이다.
말을 할 때도 직설적인 편이고,
생각한 바를 가감없이 말하는 편이라
가끔 손해를 볼 때도 있지.

하지만 너는 네가 할 수 있는 최선을 다하고 감사하며
주변 사람들을 잘 챙기며 살아왔고,
지금까지 잘 해왔다고 생각한다.

그리고 그 결과,

도달한 지금의 진구 모습을 사랑한다.

진구, 파이팅!

아버지와 나

어린 시절 친구 같았던
어머니와는 다르게
아버지와 나의 관계는
풀기 어려운 숙제와 같았다.

일의 특성상 아버지는
출장이 잦았는데,
어린 시절의 공백기는 그대로
둘 사이의 거리감이 되어버렸다.

그 아버지의 그 아들,
무뚝뚝한 성격을 닮은 아들은
마음은 있는데 표현하지는 못하고
그 곁을 맴돌기만 했다.

그래도 요즘에는
집에 오면 아버지가 먼저 말을 거신다.

"드라마 봤다. 재밌더라."

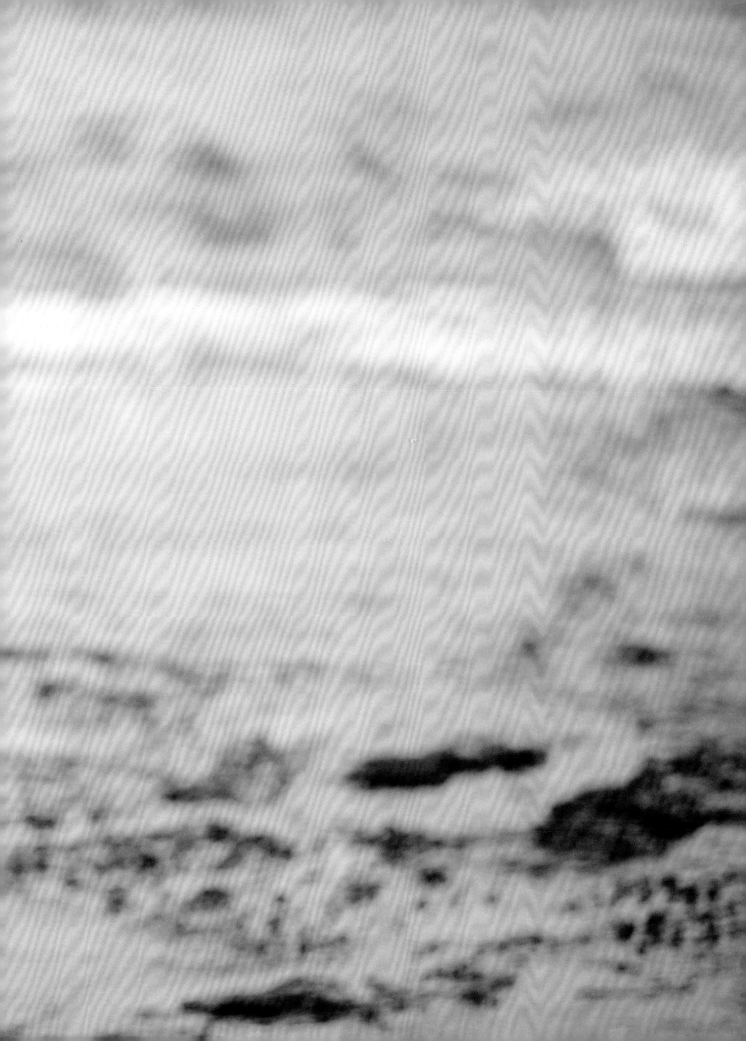

버려진 위시리스트

어렸을 적 집안 형편이 넉넉한 편이 아니라
늘 갖고 싶은 것을 갖기보다는
마음 속에만 담아두는 경우가 많았다.

그 중에는 오랜 기다림 끝에
생일 선물이나 상으로 얻게 된 것들도 있었지만
끝끝내 포기해야만 하는 리스트도 있었다.

다른 것은 다 잊혀졌는데
레고가 아직도 기억에 남는다.
그 시절 꼬맹이가 꽤 오랫동안 참았다는 이야기겠지…

얼마 전에 생각나서 다시 찾아봤는데
역시, 비싸다.

상처 받지 않는다

나도 사람이니까 상처를 받는다.
하지만 상처 받은 채로 오래 머물러 있지는 않는다.
생각해 보면 이해되지 않는 것도 아니다.

나 또한 늘 좋은 사람이고 싶다고 생각하며 살고 있지만,
나도 모르는 사이 누군가에게 의도치 않은 상처를 주며
살아가고 있을지도 모를 일이다.
그렇게 생각하면 나도 모르게 고개가 끄덕여진다.

정말 그럴 의도가 있는 것은 아니었는데
나도 모르게 그런 말이 튀어나와버려서,
또는 어쩌다 보니 일이 그렇게 되어서,
혹은 속에 뭐가 그리 뒤틀렸는지
때로는 정말 그럴 의도를 가지고…

가끔은 욱, 하기도 하지만
이내 '그럴 테면 그러라지…' 하고 넘겨버린다.

타고난 인복 덕분인지
주변에는 항상 나를 상처 주는 사람보다는
응원해주고 사랑해주는 사람들이 많다.

그 사람들을 보고 가면 되는 것이다.

Chapter 3. Love

사
랑
을

하
다

언제부턴가 내가 아닌 당신이 행복할 때,
더 큰 행복을 느낀다.

예쁘게 웃고 있는 당신을 바라보며
문득 내가 어떤 표정을 짓고 있을지 궁금해진다.
아마 그게 내가 가장 행복할 때 짓는 표정일 것이다.

그때, 당신이 말했다.

'웃는 모습이 참 예뻐요.'

행복한 순간의 제스처

언제부턴가 내가 아닌 당신이 행복

모든 현재 진행형의 사랑!

첫사랑의 기준이란 참 애매모호하다.
이미 흐릿해진 그 시절, 처음 설렘이라는 감정을 알게 해준
누군가를 첫사랑이라고 이야기해야 할까.
그러기에 사랑이라는 단어가 주는 느낌이 너무 무겁다.

아니면 마지막까지 아름답게 마무리되었던
지금의 사랑에 대해서 이야기해야 할까.
이번에는 '첫'이라는 수식어가 주는
풋풋함과 아련함이 느껴지지 않는다.

어쩌면 첫사랑이라는 것은 특정 대상,
누군가를 의미하는 것이 아니라 나에게
설렘이라는 감정을 느끼게 해주었던 모든 기억,
그러니까 함께 들었던 음악이나 영화, 드라마…
누군가와 공유했던 모든 추억에 관한 것들이 아닐까.

그렇다면 나는,

모든 것과 매 순간 첫사랑하며 살아가고 있다.

단지 먼저 발견했을 뿐

많은 사람들이 나의 러브스토리 비하인드에
호기심을 갖는 것 같다.

아무것도 확실히 정해지지 않았던 때에
어떻게 그렇게 솔직할 수 있었는지,
어떤 확신을 가지고 그렇게 직진할 수 있었는지 말이다.

확신과 타이밍?
사랑에 그런 것은 없다고 생각한다.

세상에 어떤 사랑이든
단, 몇 분 몇 초라도 먼저 시작한 사람이 있을 것이다.

나의 경우에는 내가 먼저 그 사람을 발견한 것이다.

오직 그 한 사람을.

어차피 세상에 100퍼센트 확률로 벌어지는 일은 없다.
사랑도 그렇다.

당신을 위한 서시

매일 밤,
당신을 보게 해달라고 기도했습니다.

오랫동안,
나의 마음을 움직여줄 사람을 기다렸습니다.

"그게 당신이어서 고맙습니다."

Marriage Blue

촬영은 힘들었고 정신은 하나도 없었다.
천천히 걷고 있는 나와는 다르게 빠르게 변하고 있는
주변 풍경에 조금 지쳐 있었다.

많은 사람들이 결혼 직전의 불안에 대해 이야기하지만
나는 오히려 결혼이 다가올수록 마음이 편안해졌다.
나에게는 결혼이 흔들리고 있는 현재를
더욱 단단하게 붙잡아 줄 특약처방이었기 때문이다.

아무래도 책임감을 가지고 좀 더 열심히 일하게 되고,
내 인생의 목표와 방향에 대해서도 재정비하게 되었다.
지칠 때는 잠시 쉬어갈 곳이 있고,
평생 함께 가는 내 울타리, 동반자가 있다는 사실이
그토록 힘이 될 수가 없다.

그렇게 생각하니 '결혼'이라는 제도가
참으로 고맙게 생각된다.

그래서 요즘에는 삶의 방향을 잡지 못하고 방황하거나
지쳐 보이는 사람이 있으면 이렇게 말한다.

"결혼하세요."

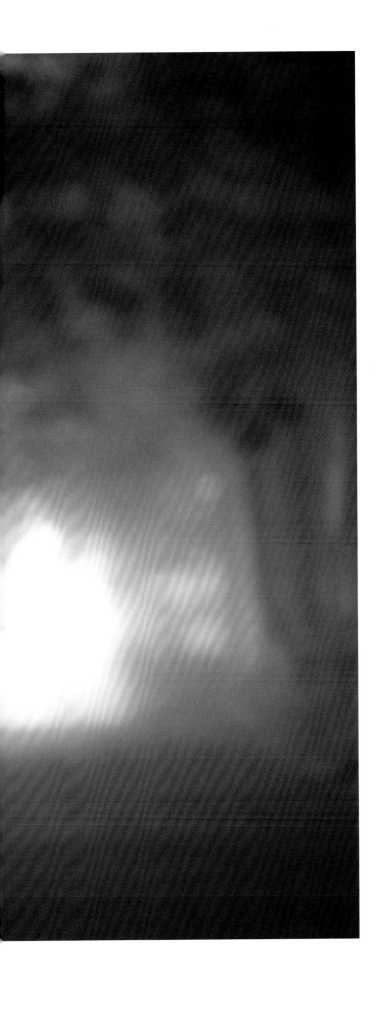

Love is

사랑은
=배려=이해≠이기적임≠귀찮음

꼭 남녀 간의 사랑만 사랑은 아니다.
동성 간의 우정도 사랑이 될 수 있다.

중요한 것은 상대방의 입장에서
얼마나 생각하고 배려하느냐이다.

그가 살아온 세상과 내가 살아온 세상은
범주와 차원이 다르기 때문에 완벽히 이해할 수는 없다.
그저 노력하는 것이다.
사랑하기 때문에.

그런 사랑의 범주에 귀찮음, 이기적임이라는 요소가
끼어들 틈이 없다.

투박하고 담백하다

"나랑 결혼해줄래?"

배우의 프로포즈니까
뭔가 멋있는 대사를 하지 않았을까
기대감이 있는 것 같다.

하지만 아내는 결혼해줄래, 라는
투박하고 담백한 그 한 마디 말에
눈이 퉁퉁 붓도록 울었다.

그럴듯한 말이 중요한 것이 아니라
그 속에 담긴 진심이 중요하다.
내가 경험한 바로는.

무뚝뚝한 한 마디 말 속에
천 마디의 말로도 다하지 못할 진심이 담겨 있다.

너 지금 감동 받았지?

노래 부르는 것을 좋아한다.
가끔은 직접 노래를 만들어
영상이나 녹음 파일로 기록하기도 한다.

내가 만드는 노래의 가사나 멜로디는
사랑에 대한 절절한 노래들이 많다.
좋아하는 사람을 위해
그리고 그 사람을 떠올리며 만든 노래이기 때문이다.

드디어 내 노래를
영상으로 만들어 그 사람에게 선물했다.

슬쩍 얼굴을 살펴보니,
그 사람의 눈가에 눈물이 고여 있다.
그 모습을 보니 나도 모르게 스르륵 입꼬리가 올라간다.

너 지금 감동 받았지?

유턴 불가、 무조건 직진

나는 밀당을 할 줄 모른다.
아니, 할 필요가 없다는 말이 맞겠다.
일단 좋아하면 표정에서부터 드러나 버린다.
그래서 요즘에 유행하는 소위 썸타는 관계라는 것을
나는 잘 이해하지 못한다.

'혹시 길을 잘못 들었으면 어떡하나,
다시 돌아갈 수 있을까,
방향을 살짝 틀 수 있을까.'

이런 생각 따위는 하지 않는다.

무조건 직진,
내가 선택한 사람, 그리고 이 순간의 끌림,
나에 대한 믿음을 가지고 끝까지 한번 가보는 것이다.

그래도 해피엔딩이지 말입니다

내가 출연한 작품 속 주인공의 이야기가
새드엔딩으로 끝나면 나도 참 가슴이 아프다.
슬픈 결말을 맺은 인물에게서 벗어나는 데는
더 많은 시간이 필요하다.

사랑하지만 그 마음을 감추기 위해
무뚝뚝해질 수밖에 없었던,
그러나 자신의 마음을 감추는 데 서툰 서대영.

어딘지 나와 닮은 구석이 많은
서상사를 보면서 내심
그의 이야기가 해피엔딩이기를 바랐다.
그래서인지 이번 드라마에서는 해피엔딩으로 끝났던
마지막 장면이 가장 기억에 남는다.

'휘날리는 눈발 사이로
울고 있는 여자의 얼굴이 보인다.
당장이라도 달려오고 싶은데
발이 땅에 붙어버리기라도 한 듯 멍하니
나를 바라보며 서있다.'

'나는 천천히 그녀에게 걸어갔다. 그리고 말했다.'

"안 헤어질 거다. 죽어도 너랑 안 헤어질 거다."

Chapter 4. Joyful

인생을 즐기는 법

어디로 튈지 모른다

사석에서는 비교적 자유롭게 행동하는 편이다.
그래서 알고 지낸 지 얼마 안 되는 사람들은
나의 의외의 모습에 빵 터지기도 한다.

그래서였을까.
'나를 물건에 비유하면 어떤 게 있을까?' 하고 묻자,

옆에서 매니저 형이
고개를 절레절레 저으며,
'럭비공' 하고 말한다.

'왜?'

'너, 어디로 튈지 모르잖아.'

음…

그다지 멀리 튀지는 않는 걸로.

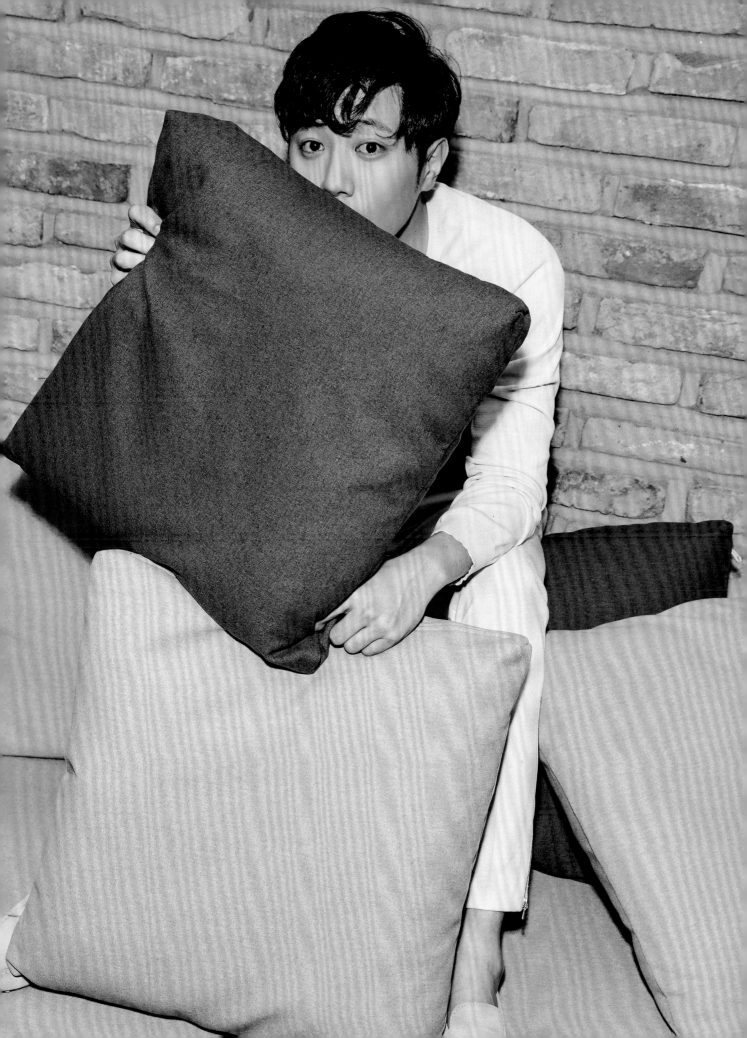

엉뚱한 아이

나는 장난기 많고
엉뚱한 구석이 있는 아이였다.

초등학교 때 장래희망을 써서 내라고 하면
다른 친구들이
과학자, 운동선수, 디자이너를 이야기할 때
나는 '날으는 로봇'을 만드는 것이 꿈이라고 대답했다.

어째서 그런 답을 했는지는 생각나지 않는다.
그냥 갑자기 그런 말이 튀어나와 버렸는데
의외로 친구들의 반응이 좋아서
계속 그런 대답을 했는지도 모르겠다.

지금도 꿈이나 좋아하는 것에 대해 이야기할 때면
종종 어린 시절의 내가 대답을 한다.
"난 날아다니는 사람이 될 거야."
그럴 때면 나는 그 시절의 '장난기 많은 소년'이 된다.

여가 시간

여가를 위한 나만의 방이 있다.
몇 시간을 앉아 있어도 거뜬한 편안한 소파는 기본,
내가 좋아하는 장난감과 만화책으로 가득하다.
한번 들어가면 쉽게 나오지 못한다는 것이 단점이다.

가끔 머리를 식히기 위해 만화책을 읽는다.
아주 스펙터클한 역사소설을 읽을 때도 있다.
책의 선정 기준은 뭐니뭐니 해도 읽는 맛과 속도감.
여가를 위한 독서는 절대 무거워서는 안 되니까.

일요일 아침, 부스스한 얼굴로 무언가에 몰입해 있다면
그것은 게임일 확률이 높다.

중간이 없다

조금만 틈이 생겨도 운동을 하고,
사람을 만나고, 술을 마시고,
부지런 떨며 활동적인 모습을 보여주는 것도
내 모습이지만,

가끔은
이불 밖으로 한 발자국 나가는 것조차 싫어하는
모습을 보여주는 것도 나이다.
(요즘에는 이런 사람을 '건어물남'이라고 한다나.)

그럴 때면 침대 옆에 항상
노트북, 술, 안주 같은 것이 가득 쌓여 있다.

맥주를 마시며 침대 속에서 이불을 끌어안고
노트북으로 영화 보는 것을 좋아한다.
그러다 보면 까무룩 잠이 들기도 한다.

술에 취한 건지,
잠에 취한 건지,
그러면 또 놓쳤던 부분부터 다시 보고…

어디서부터 놓쳤는지 기억이 가물가물해
봤던 것을 또 보기도 한다.

그렇게 하루를 보내고 나면 찌든 피로가 싹 가시는 기분이다.

재즈와 트로트 사이

음악을 너무 좋아해서
일을 할 때든, 지인들과 어울릴 때든
어디를 가든 항상 블루투스 스피커를 챙긴다.

음악은 아이돌 노래부터
발라드, 재즈, 트로트까지 가리지 않는 잡식성이다.
친구들을 초대해 홈파티를 할 때는
재즈와 발라드를 틀지만
농구를 할 때는 빠른 템포의
걸그룹 음악과 댄스 음악을 즐긴다.
사실 또 분위기를 돋우기 위해
노래방에서 부르는 단골 노래는 트로트이다.

재즈부터 트로트까지 모두 섭렵하는 취향이랄까.
노래도 때와 상황을 잘 만나야
존재 가치를 발휘하는 법이니까.

사실 내 플레이 리스트 속 가장 애장하는 노래는
가수 신해철의 음악이다.

돌파구

일이 잘 풀리지 않을 때는
오랜 친구들을 만난다.

나의 일과 취미, 생활…
오랜 시간과 공간을 공유해 온 그들은
나를 가장 잘 알고 있는 사람들이다!

오래된 사람들에게 조언을 얻고
함께 즐거운 시간을 보내다 보면
풀리지 않을 것 같았던 고민들도 쉽게 풀리곤 한다.

그러고 보니
농구단을 꾸린 지 벌써 10년이 넘었다.

농구 자체가 시간 대비 엄청난 운동량을 필요로 하는데다
골을 넣었을 때의 통쾌함은
경험해 보지 못한 사람은 알 수 없다.
정말 가족 같은 농구단 친구들과 함께하다 보니
요즘처럼 바쁠 때에도 이 즐거움은 포기하기가 힘들다.

가끔 프로 농구팀의 경기를 보러 가기도 하는데,
내가 응원하는 팀이 우승했을 때는
환호하는 팬들과 함께 벌떡 일어나 얼싸안고
소리라도 지르고 싶은 것을 꾹꾹 참느라
엉덩이가 들썩거렸다.

심장이 쫄깃해지는 순간

스포츠 시즌이 되면
텔레비전 앞에 붙박이가 되어
야구부터 축구, 유도, 펜싱, 양궁 등
종목을 가리지 않고 경기를 즐긴다.

승패가 가려지는 찰나의 순간은
필드에 선 선수도,
관전을 하는 나도,
심장이 쫄깃해지는 순간이다.

스포츠에서는 이 몇 초의 순간에
모든 것이 뒤바뀐다.

너무나 매력적이다.

포커페이스

호불호가 강한 편이라
좋은 것이든 싫은 것이든 금세 티가 난다.
지치거나 피곤할 때, 기분이 안 좋을 때도.

그래도 배우니까 일단은 포커페이스를 연기해보지만
주변 사람들은 어느새 눈치채고
걱정스런 눈빛으로 쳐다본다.

괜스레 미안해진다.

기운 내야지, 조금 힘들더라도
나만 바라보는 사람들을 생각해서
잘하자. 그래 잘할 거야! 파이팅!

옛날 영화

나는 옛날 영화나 드라마를 좋아한다.
특히 서정적이고 절절한 사랑 이야기가 생각날 때면
영화 〈타이타닉〉을 본다.
아직도 영화 속 OST만 들어도
그때 그 장면이 생생하게 떠오르고
가슴이 설렌다.

영화 기법은 날이 갈수록 좋아지고 세련되어지지만
그 시절의 영화에는 아무래도
그 시대만의 고유한 정서가 있는 것 같다.

어쩌면 그 영화를 처음 볼 때의
'나'의 정서가 투영되어 있어서일지도 모르겠다.

혼자 마시는 술

술을 무척이나 좋아한다.
보통은 소주나 맥주를 마신다.

여럿이 함께 마시는 술도 좋지만
가끔 혼자 마시는 술도 그것만의 풍미가 있다.
쓴맛이 좀 더 강하면서도 깊다.
혼자 생각을 정리할 일이 있거나 조금 지쳐 있을 때
마시는 술이라 더 쓰게 느껴지는지도 모르겠다.

그렇게 혼자 술을 마시다가
보고 싶은 사람이 떠오르면
전화해서 나오라고 부르기도 한다.

혼자서든, 여럿이서든 술은 그래서 좋다.

휴대폰 주소록에서

일상이 지루하다고 느껴질 때,
휴대폰 주소록을 뒤져 일단 누구라도 불러낸다.

평상시 그다지 친하지 않았던 사람이라도 괜찮다.
어쩌면 이전에는 몰랐던
그 사람과 나의 공통점을 찾게 될 수도 있고,
없다 해도 서로의 다른 점을 찾아가는 재미도 쏠쏠하다.

새로운 만남이란
언제나 일상에 활력을 주는 법이니까.
모든 사람을 행복하게 만들 수는 없지만,
적어도 주변 사람들이 나를 보는 순간만큼은
나로 인해 즐거웠으면 좋겠다.

그래서 하루 동안 만나는 최대한 많은 사람들에게
웃어주고 싶고 좋은 에너지를 주고 싶다.

난 그런 사람이 되고 싶다.

이탈리안 요리, 가까운 사람들과 기울이는 술잔,
그리고 소소한 수다…
내가 좋아하는 것들.

너희 너무 솔직한 거 아냐?

나의 팬들은 데뷔 초기부터
함께 해준 오래된 친구들이 많다.
그래서인지 팬은
내게 단순히 팬레터를 써 주는 사람 그 이상의
좋은 친구, 든든한 응원군이다.

나는 사실 거짓말을 잘 못하는 성격이라
팬들에게도 털털하고 솔직하게 대하는 편인데,
팬들 중에도 유독 비슷한 성향을 가진 사람들이 많다.

그러다 보니
"진구야 이제는 뜨자"라는 아주 과하게 솔직한(?)
플래카드를 걸기고 하는 것이고. ^ ^

사실 오래 기다려준 팬들에게 미안한 마음도 있다.
나 자신은 조바심을 내지 않고 느긋하게
배우의 길을 걸어왔지만,
팬들 입장에서는 자신이 사랑하는 배우가
더 많은 관심을 받고
좋게 평가되기를 바라는 마음이 클 텐데…

그래도 앞으로도 지금처럼
꾸준히 열심히 할 테니
지금처럼만 기다려주세요♡

"사랑합니다."

Episode.

About Staff

BH엔터테인먼트
총괄   엄홍범
진행   백동진

포토그래퍼/디렉팅   최승광
어시스트   유승근

스타일리스트   박상윤
어시스트   윤현진

헤어   최경훈
메이크업   황지영

장소이동   현재휘   오현우
분장차   신광철
장소협찬   어반아일랜드
소품협찬   안나네 꽃마을

※ 이 책에 수록된 광고·영화 촬영 화보는 여러 다른 스태프가 도움 주셨습니다.

1판 1쇄 인쇄   2016년 6월 08일
1판 1쇄 발행   2016년 6월 17일

지은이   진구

발행인   양원석
본부장   김순미
편집장   최두은
책임편집   유정윤 최경민
디자인   마인드,마인드
해외저작권   황지현
제작   문태일
영업마케팅   이영인 양근모 박민범 이주형 김민수 장현기

펴낸 곳   (주)알에이치코리아
주소   서울시 금천구 가산디지털2로 53, 20층(가산동, 한라시그마밸리)
편집문의   02-6443-8825
구입문의   02-6443-8838
홈페이지   http://rhk.co.kr
등록   2004년 1월 15일 제2-3726호

ⓒ진구, 2016, Printed in Seoul, Korea
ISBN   978-89-255-5941-4 (03810)